www.ingramcontent.com/pod-product-compliance
Lightning Source LLC
LaVergne TN
LVHW021240080526
838199LV00088B/5440
9789358726480

روشن کمرہ

اور دوسری کہانیاں

مرتبہ:

اشتیاق احمد

© Taemeer Publications LLC

Raushan Kamra aur doosri KahaniyaaN

by: Ishtiyaq Ahmad

Edition: July '2024
Publisher :
Taemeer Publications LLC (Michigan, USA / Hyderabad, India)

ISBN 978-93-5872-648-0
9 789358 726480

مرتب یا ناشر کی پیشگی اجازت کے بغیر اس کتاب کا کوئی بھی حصہ کسی بھی شکل میں بشمول ویب سائٹ پر اَپ لوڈنگ کے لیے استعمال نہ کیا جائے۔ نیز اس کتاب پر کسی بھی قسم کے تنازع کو نمٹانے کا اختیار صرف حیدرآباد (تلنگانہ) کی عدلیہ کو ہو گا۔

© تعمیر پبلی کیشنز

کتاب	:	**روشن کمرہ اور دوسری کہانیاں**
مرتب	:	**اشتیاق احمد**
صنف	:	ادب اطفال
ناشر	:	تعمیر پبلی کیشنز (حیدرآباد، انڈیا)
سالِ اشاعت	:	۲۰۲۴ء
صفحات	:	۲۴
سرورق ڈیزائن	:	تعمیر ویب ڈیزائن

فہرست

(۱)	روشن کمرہ	اشتیاق احمد	6
(۲)	کایا پلٹ	آصف جاوید سکندر	10
(۳)	تابوت	ہما بشیر	13
(۴)	غلط راستہ	عامر یونس	19

اشتیاق احمد

روشن کمرہ

دروازہ کھلا پا کر اسے عجیب سی خوشی ہوئی...... چوری کرنے کیلئے گھروں میں داخلہ اس کے لئے ہمیشہ دشوار ثابت ہوا تھا...... تاہم جیسے تیسے وہ داخل ہو ہی جاتا تھا...... شاید یہ بھی اس کی قسمت تھی کہ وہ آج تک پکڑا نہیں گیا تھا...... پولیس کے پاس اس کا کوئی ریکارڈ نہیں تھا...... یہی وجہ تھی کہ وہ نڈر تھا۔

رات کا ایک بجا تھا...... ایسے میں کسی گھر کا دروازہ کھلا ہونا کچھ عجیب بات نہیں تھی...... لیکن اسے اس سے کیا غرض تھی۔ اسے تو غرض تھی اندر داخل ہونے...... اور جو کچھ ہاتھ لگے' لے کر چلتا بننے سے...... اس نے آہستہ آہستہ دروازے پر دباؤ ڈالا وہ کھلتا چلا گیا...... پھر وہ آہٹ پیدا کئے بغیر اندر داخل ہو گیا اور دروازہ پھر برابر کر دیا۔ اس نے دیکھا وہ گھر کے چھوٹے سے صحن میں کھڑا تھا...... سامنے ہی ایک کمرہ تھا' اس میں روشنی ہو رہی تھی۔ دائیں طرف ایک اور کمرے کا دروازہ تھا لیکن اس میں تاریکی تھی۔ اس نے سوچا پہلے تاریک کمرے کا جائزہ لیا جائے...... دبے پاؤں وہ اس کے دروازے تک پہنچا اور اس پر دباؤ ڈالا...... وہ کھلتا چلا گیا' اس نے سوچا آج ضرور تقدیر مہربان ہے...... اب وہ کمرے میں تھا' یہ کمرہ قیمتی چیزوں سے بھرا پڑا تھا...... ایک بار پھر اسے خوف نے اپنی لپیٹ میں لے لیا...... کہ گھر میں اتنی بہت سی قیمتی چیزیں موجود ہیں لیکن دروازے پھر بھی کھلے پڑے تھے...... اس نے اپنی چادر بچھائی اور اس خیال میں جو چیزیں زیادہ قیمتی تھیں یا جن کے دام زیادہ موصول ہو سکتے تھے...... وہ اس میں ایک ایک کر کے رکھنا شروع کر دیں...... یہاں تک کہ چادر پر چیزوں کے انبار لگ گئے۔

اب اس نے چادر کے کناروں کو سمیٹ لیا اور گٹھڑی باندھ لی...... گٹھڑی کندھے پر ڈال کر وہ کمرے سے نکلا تو ایک آواز نے اس کے پاؤں جکڑ لئے...... روشن کمرے کو تو وہ بھول ہی گیا تھا...... اس نے تو یہ تک نہیں دیکھا تھا کہ اس میں کون ہے...... یا کیا ہے...... آواز اس کمرے سے ہی آ رہی تھی...... اور بہت مدہم سی تھی...... یوں لگتا تھا کہ جیسے کوئی بڑبڑا رہا ہو...... اس کے قدم غیر ارادی طور پر اس کمرے کی طرف بڑھنے لگے۔

جونہی وہ دروازے کے قریب پہنچا...... آواز قدرے صاف ہو گئی...... اس کی پیشانی پر بل پڑ گئے...... لفظ

جو کوئی ادا کر رہا تھا...... وہ اس کے لئے جانے پہچانے سے تھے...... اگرچہ ایک مدت کے بعد اس کے کان میں پڑے تھے...... وہ غور سے الفاظ کو سننے لگا' اس کا دل زور زور سے دھڑکنے لگا...... گٹھڑی والا ہاتھ آہستہ آہستہ نیچے آتا گیا...... یہاں تک کہ وہ زمین پر ٹک گئی......

بالکل اس قسم کے الفاظ اس نے بچپن میں اپنی والدہ کے منہ سے سنے تھے...... اپنے سامنے ایک کتاب کھولے وہ یہ الفاظ پڑھا کرتی تھی اور وہ سنا کرتا تھا۔ ...... پھر اس کی والدہ فوت ہو گئی...... چچا نے اسے گھر سے نکال دیا...... اور مکان کے اس حصے پر قبضہ کر لیا جو اس کا تھا...... وہ کافی چھوٹا تھا...... تاہم اتنی بات سمجھتا تھا کہ اس کے ساتھ زیادتی ہوئی ہے...... لیکن وہ کر ہی کیا سکتا تھا...... اچھی صحبت نہ ملنے کی وجہ سے اور ماں باپ کے سائے سے محرومی کی بنا پر وہ ایک چور بن گیا...... لیکن آج یہ الفاظ سن کر اسے عجیب سا احساس ہو رہا تھا......

یہ الفاظ تو اس کی سمجھ سے باہر تھے...... وہ ان کا مطلب نہیں جانتا تھا...... جانتا بھی کیسے...... وہ تو ذرا بھی پڑھا لکھا نہیں تھا...... غیر ارادی طور پر اس کا ہاتھ دروازے سے جا لگا...... دروازہ کھل گیا...... الفاظ بند ہو گئے...... ایک لمحے کیلئے کمرے میں خاموشی چھا گئی...... پھر وہی آواز ابھری 'کون...... کون ہے باہر...... اندر آجاؤ۔

اس نے دروازہ پورا کھول دیا اور اندر داخل ہو گیا...... اس نے دیکھا ایک بہت بوڑھی عورت کمرے کے فرش پر ایک چٹائی پر بیٹھی تھی...... ایک طرف لیمپ روشن تھا...... اس کے سامنے لکڑی کے ڈبے پر ایک موٹی سی کتاب کھلی ہوئی تھی...... بالکل ایسی کتاب...... جو اس کی ماں پڑھا کرتی تھی

ہاں...... میری ماں بھی قرآن پڑھا کرتی تھی...... میں اس وقت بہت چھوٹا تھا...... پھر ماں مر گئی...... چچی نے مجھے ہمارے گھر سے نکال دیا...... اور میں ایک چور بن گیا۔

تمہاری کہانی بڑی دردناک ہے...... "

ہاں ماں جی...... ایک مدت بعد جب میں نے آج وہی الفاظ سنے...... تو ٹھہر رک گیا...... ورنہ میں اس وقت تک جا چکا ہوتا...... جب میں گھر میں داخل ہوا تھا تو اس وقت تو میں نے آواز نہیں سنی تھی۔

"اس وقت میں نفل پڑھ رہی تھی"

نفل...... وہ حیران ہو کر بولا!

اوہ...... تم تو کچھ بھی نہیں جانتے'

میں چوری کرنے کے بارے میں جانتا ہوں...... اور مجھے اس بات پر بہت حیرت ہوئی تھی کہ آپ کے گھر کا دروازہ کھلا تھا...... نہ صرف بیرون دروازہ...... بلکہ اس کمرے کا دروازہ بھی جو سامان سے بھرا ہوا تھا...... آپ اپنے دروازے بند کیوں نہیں رکھتیں...... اور سامان والے کمرے کو تالا کیوں نہیں لگاتیں "

اس لئے بیٹا کہ مجھے ان چیزوں کی قطعاً ضرورت نہیں...... میں لوگوں کو کہہ کہہ کر تھک چکی ہوں...... لیکن وہ یہ چیزیں لانے سے باز نہیں آتے "

جی...... کیا مطلب...... لوگ آپ کے لئے سب کچھ لاتے ہیں "

تم کون ہو بیٹا۔ ؟

"چ.....چور.....ایک چور" نہ چاہتے ہوئے بھی اس کے منہ سے سچ نکل گیا۔

" بیٹھو..... کھڑے کیوں ہو..... اور اگر صرف چوری کرنا ہے..... تو ساتھ والے کمرے میں تمہارے لئے بہت کچھ موجود ہے"

"میں اس کمرہ میں سے آیا ہوں....." اور چیزیں بھی سمیٹ دائے ہو" وہ مسکرائی۔

ہاں! باہر بندھی پڑی ہیں" اس نے کھوئے کھوئے لہجے میں کہا۔

تو پھر.....اب یہاں کس لئے آئے تھے۔ ؟

" آپ..... آپ کچھ پڑھ رہی تھیں۔ "

"ہاں.....میں قرآن پڑھ رہی تھی..... اللہ کی کتاب" ۔

ہاں! نہ جانے وہ میرے بارے میں کیا خیال کرتے ہیں..... ان کا خیال ہے..... میں اللہ کو بہت پیاری ہوں..... بہت پہنچی ہوئی ہوں۔ ان کے لئے دعائیں کروں گی تو اللہ ان دعاؤں کو پورا کر دے گا.....بس اس کے لئے وہ پتہ نہیں کیا..... کیا اٹھا لاتے ہیں..... حالانکہ میں انہیں بتا چکی ہوں کہ میں ایک مجبور' عاجز اور گناہگار ہوں..... میرا کوئی عمل ایسا نہیں کہ یہ دعویٰ کر سکوں کہ اللہ میری سنتا ہے..... اور قبول کرتا ہے..... تنگ آ کر میں کہہ دیتی ہوں کہ ساتھ والے کمرہ میں چیزیں رکھ دو اور جس چیز کی ضرورت ہو کسی وقت بھی یہاں آ کر لے جا سکتے ہیں.....یہی وجہ ہے کہ میں اس کمرے کے دروازے کو تالہ نہیں لگاتی..... اور نہ بیرونی دروازہ اندر سے بند کرتی ہوں.....اب تمہیں بھی اجازت ہے.....جو گٹھڑی تم نے باندھی ہے..... وہ شوق سے لے جاؤ..... تم کو کوئی کھٹکا نہیں ہونا چاہئے"

"..... لیکن میں اس کتاب کے بارے میں جاننا چاہتا ہوں..... یہ کیا ہے..... اس میں کیا لکھا ہے"

شاید بچپن میں سنی ہوئی آواز نے بے تاب کر دیا ہے..... خیر سنو..... یہ اللہ کا کلام ہے..... اللہ تعالیٰ نے اسے محبوب ترین رسول صلی اللہ علیہ وسلم پر نازل کیا ہے.....جو آخری رسولؐ ہیں.. اس کتاب میں اللہ نے اپنے احکامات بندوں کو بتائے ہیں..... یہ کہ انسان کو کیوں پیدا کیا گیا..... اس کو کیا کرنا ہے... کیا نہیں کرنا..... کس کی عبادت کرنی ہے' کس کی نہیں کرنی..... زندگی کس طرح گزارنا ہے..... دوسروں کے کیا حقوق ہیں.....ایک دوسرے سے لین دین کس طرح کرنا ہے..... بڑوں کے ساتھ کس طرح پیش آنا ہے.... اور پھر یہ کہ مرنے کے بعد کیا کچھ ہوتا ہے.....یہ اب میں تمہیں اس طرح کب تک بتا سکتی ہوں " بڑھیا کہتی چلی گئی۔

پ.....پتہ نہیں کیا بات ہے..... آپ کے مکان کے دو کمرے ہیں نا.....ایک کمرہ تاریک..... دوسرا روشن..... تھوڑی دیر پہلے میرے اندر بھی تاریکی تھی..... لیکن اب میں روشنی کی ایک کرن محسوس کر رہا ہوں..... لک..... لیکن آپ مجھے قرآن پڑھا سکیں گی "......

ہاں کیوں نہیں..... تم دن کے وقت آ جایا کرنا.....یہ میرا عبادت کا وقت ہے

"تو پھر اب میں چلتا ہوں"

ضرور..... لیکن جاتے ہوئے..... وہ گٹھری ضرور لیتے جانا"

"م م..... میں..... اچھا"

وہ اٹھ کر کھڑا ہو گیا..... چند لمحے تک بڑھیا کی طرف دیکھتا رہا..... اور پھر کمرے سے نکل گیا..... صبح بڑھیا باہر نکلی تو گٹھری دروازے پر پڑی تھی'

آصف جاوید سکندر

کایا پلٹ

میں حیران تھا کہ یہ عورتیں میرے گرد بیٹھی آخر رو کیوں رہی ہیں۔ میں نہیں جانتا تھا کہ یہ کون عورتیں ہیں۔ کیونکہ میری آنکھیں بند تھیں اور میں اندھیرے کے سوا اور کچھ بھی نہیں دیکھ پا رہا تھا۔ میں نے چاہا کہ آنکھیں کھولوں اور دیکھوں کہ آخر معاملہ کیا ہے؟ مگر...... یہ کیا...... ؟ میں چاہنے کے باوجود آنکھیں نہ کھول سکا...... اف میرے خدا...... میں اپنے جسم کے کسی حصے کو حرکت بھی نہیں دے سکتا تھا۔

اچانک میرے کانوں میں ماں کی آواز پڑی جو میرا نام لے لے کر بین کر رہی تھی جیسے کسی میت پر بین کیا جاتا ہے۔ میری چھوٹی بہن بھی میرے سرہانے کھڑی زار و قطار رو رہی تھی۔

شاید وہ لوگ مجھے مردہ سمجھ رہے تھے۔ حالانکہ میں زندہ تھا۔ مگر اپنی زندگی کو ثابت کرنے کے لئے کچھ کر نہیں پا رہا تھا۔

میں نے چیخنا چاہا تاکہ لوگوں کی غلط فہمی دور ہو جائے اور سب کو معلوم ہو جائے کہ میں زندہ ہوں مرا نہیں۔ مگر...... اپنی تمام تر کوششوں کے باوجود میں ایک ہلکی سی آہ بھی نہ بھر سکا۔ حتیٰ کہ اپنے ہونٹ بھی نہ ہلا سکا۔

اس وقت میری حالت کچھ ایسی تھی کہ میں سوچ سکتا تھا' سن سکتا تھا اور محسوس کر سکتا تھا' اس کے علاوہ اور کچھ نہیں کر سکتا تھا۔

"کہیں واقعی میں مر تو نہیں گیا؟" میرے ذہن میں خیال پیدا ہوا۔

"نہیں...... نہیں...... میں زندہ ہوں" میرے دل سے آواز آئی۔

مگر جب نیم گرم پانی میرے بدن سے ٹکرایا تو مجھے اپنی موت کا یقین کرنا ہی پڑا۔ غالباً یہ میری میت کو غسل دیا جا رہا تھا۔ اب میں اپنی اس زندگی کے بارے میں سوچ رہا تھا' جو مجھ سے واپس لے لی گئی تھی' جس پر میری ہمیشہ ہمیشہ کی کامیابی یا ناکامی کا انحصار تھا' جسے میں نے نہایت لاپرواہی سے گزار دیا۔ ہائے افسوس میں نے اس دن کے بارے میں کبھی بھول کر بھی نہیں سوچا تھا۔ آج میں اپنے اس سفر کے لئے اپنے پاس کوئی سامانِ سفر

نہیں پار ہا تھا۔ کاش میں نے آج کے لئے کوئی سامان جمع کر رکھا ہوتا۔

غسل کے بعد مجھے کفنایا گیا۔ اور جب میرا جنازہ گھر سے نکل رہا تھا تو میری ماں کی آہ و بکا ہر کسی کا دل چیرے دے رہی تھی۔ میں سوچ رہا تھا کہ آج وہ ماں میرے لئے سراپا غم ہے جسے میں نے اپنی پوری زندگی میں کبھی کوئی سکھ کوئی خوشی نہیں دی بلکہ اپنی من مانیاں کر کے اس کا خون جلایا۔ لیکن اس نے میرے سکھ کا دن رات خیال رکھا۔ میری غلطیوں پر مجھے اچھے طریقے سے ٹوکا مگر میں نے بات ایک کان سے سنی اور دوسرے کان سے اڑا دی کاش میں صرف اپنے ماں باپ ہی کا فرماں بردار رہا ہوتا تو شاید آج خدا بھی مجھ سے راضی ہوتا۔ لیکن افسوس کہ میں اپنی خواہشات کی تکمیل کے لئے نہ صرف ماں کی چاہتوں کو کچلتا رہا بلکہ خدا کے واضح حکموں کو بھی پس پشت ڈالتا رہا۔

اسی لمحے مجھے ایک جھٹکا سا لگا میرے جنازے کو نیچے رکھ دیا گیا تھا شاید یہ جنازہ گاہ تھی جہاں میری نماز جنازہ ادا کی جانی تھی۔

"اللہ اکبر...... " یہ ہماری مسجد کے پیش امام کی آواز تھی۔ غالباً میری نماز جنازہ کھڑی ہو گئی تھی اور میں سوچ رہا تھا کہ خالق کو کیا منہ دکھاؤں گا' قبر و حشر میں کیسے گزرے گی اور منکر نکیر سے کیسے سامنا ہو گا۔ مجھے اپنی زندگی میں کوئی ایک نیکی بھی ایسی نظر نہیں آ رہی تھی جو اب میرے لئے امید کا ذریعہ بنتی۔ کاش مجھے دوسری زندگی مل جاتی تو میں اپنا ہر کام اللہ کے حکم اور حضورؐ کے طریقے پر کرتا مگر دوسری زندگی......؟ مرنے کے بعد بھی کوئی زندہ ہوا ہے...... "نہیں ہرگز نہیں......

نماز جنازہ کی ادائیگی کے بعد اب جنازے کا رخ قبرستان کی طرف تھا۔ اور میں سوچ رہا تھا کہ آنے والا وقت پتہ نہیں کتنا بھیانک ہو گا۔ کاش میں نے مرنے سے پہلے توبہ ہی کر لی ہوتی تو وہ غفور رحیم یقیناً مجھے معاف کر دیتا مجھے قرآن و حدیث کی وہ باتیں یاد آ رہی تھیں جو کبھی کبھی کان میں پڑ جایا کرتی تھیں۔ کہ گناہ کے بعد توبہ کرنے والا ایسا ہے جیسے اس نے گناہ کیا ہی نہ ہو بلکہ ایک جگہ تو ارشاد ہے کہ وہ گناہ جن سے توبہ کر لی گئی ہو نیکیوں میں بدل جاتے ہیں۔ کاش میں نے مرنے سے پہلے توبہ کر لی ہوتی۔ افسوس اب میرے لئے توبہ کے دروازے بھی بند ہو گئے ہیں۔

میرے جنازے کو نیچے رکھ دیا گیا تھا۔ شاید میری آخری آرام گاہ تک جنازہ پہنچ چکا تھا۔ تھوڑی دیر کے بعد کچھ لوگوں نے مل کر مجھے قبر میں اتارا۔ قبر کی ٹھنڈک خوف کی طرح میرے بدن میں سرایت کر گئی۔ اور پھر قبر کے دھانے پر پتھر رکھے جانے لگے۔ پہلا پتھر رکھا گیا' دوسرا...... تیسرا...... چوتھا...... اور...... شاید یہ آخری پتھر رکھا جا رہا تھا۔ وغالباً کچھ زور سے پھینکا گیا تھا۔ یا اللہ خیر۔ یا اللہ رحم کرنا۔ ہیں یہ کیا چھپا چھپ شاید لوگ گلاب چھڑک رہے ہیں۔ اور پھر میری آنکھ کھل گئی میں ہڑبڑا کر اٹھ بیٹھا لحاف سمٹ کر میری گود میں اکٹھا ہو گیا تھا یہ عرق گلاب نہیں بلکہ وہ پانی تھا جو مجھے جگانے کے لئے میرا بھائی مجھ پر پھینک گیا تھا۔ کمرے میں تاریکی کا راج تھا اور قریبی مسجد سے آذان فجر کی آواز آ رہی تھی اور مجھے ایسے لگ رہا تھا جیسے میں واقعی مرنے کے بعد دوبارہ زندہ ہوا

ہوں جیسے مجھے نئی زندگی ملی ہو۔ یہ خواب نہیں ، میری اصلاح تھی میرے سینے میں خوشیوں کا ٹھاٹھیں مارتا سمندر تھا ۔ لگتا تھا جیسے اللہ نے مجھے واقعی مرنے کے بعد دوبارہ دنیا میں بھیج کر ایک مہلت اور دے دی ہے ۔ میں دل میں یہ مصمم ارادہ کر چکا تھا کہ اب میرا ہر قول ، ہر فعل اور ہر فیصلہ اللہ کے حکم اور حضورؐ کے طریقے کے تابع ہو گا۔

رات کے بلب کی مدہم روشنی میں ، میں نے چپل تلاش کئے اور گھر سے باہر نکل آیا۔ میرا رخ مسجد کی طرف تھا۔

ہما بشیر

تابوت

آج بھی لوگ جمال کا ذکر کر کے افسوس کرتے ہیں۔ آج سے چند سال پہلے کی بات ہے ہمارے محلے میں چودھری صاحب کا گھر کچھ لوگوں نے خریدا تھا۔ اس وقت میں پہلی جماعت میں پڑھتا تھا۔ میری ہی ہم عمر ایک لڑکا ان کا بھی تھا۔ جس کا نام جمال تھا۔ ہم لوگ ناظم آباد میں رہتے تھے۔ میں اور جمال وہیں ایک سکول میں پڑھتے تھے۔ جمال میری ہی کلاس میں مانیٹر تھا۔ ہم دونوں پڑوسی ہونے کے ساتھ ساتھ اچھے دوست بھی تھے۔ جمال اپنے ماں باپ کا اکلوتا بیٹا تھا۔ اس کے ابو بینک میں سروس کرتے تھے۔ جمال اپنی امی کے ساتھ کبھی کبھی ہمارے گھر آجاتا تھا۔ ہم دونوں پڑھائی کے بارے میں باتیں کیا کرتے تھے۔ میری امی لوگوں کے کپڑے سیتی تھیں۔ میرے ابو کا انتقال ہو گیا تھا۔ اس طرح دن گزرتے گئے اور ہم دونوں نویں کلاس میں پہنچ گئے۔ میں نے اور جمال نے سائنس کا انتخاب کیا جو ہم دونوں کو بہت پسند تھی۔ مجھے ڈاکٹر بننے کا بہت شوق تھا اور جمال کو انجینئر بننے کا۔ بلکہ یہ ہمارا خواب بھی تھا۔ اور اس خواب کی تعبیر حاصل کرنے کے لئے ہم دونوں نے پڑھنے لکھنے میں دن رات ایک کر دیا۔ پھر امتحانات شروع ہو گئے۔ ہمارے پرچے اچھے ہو رہے تھے۔ امتحان دینے کے لئے میں جمال کے ساتھ اس کے ابو کی کار میں جایا کرتا تھا۔ کیونکہ جمال کے ابو مجھے اپنے بیٹے کی طرح سمجھتے شاید اس وجہ سے کہ میرے ابو نہیں تھے۔ بہر حال وجہ جو بھی تھی وہ مجھ سے بہت محبت کرتے تھے۔ اپریل کے شروع ہفتہ تک ہمارے پریکٹیکل وغیرہ سب ختم ہو گئے۔ امتحانوں کے بعد ہم لوگ فارغ ہو گئے۔ اور اب ہم نتائج کا انتظار کرنے لگے۔ اس فارغ وقت میں ہم نے میٹرک کے کورس کی تیاری کرنی شروع کر دی۔ اس وجہ سے کہ ہمیں ڈاکٹر اور انجینئر بننا تھا۔ اب ہمارا نتیجہ بھی نکل آیا تھا۔ جو ہم نے بہت اچھے نمبروں سے پاس کر لیا تھا۔ اس پوزیشن کو برقرار رکھنے کے لئے بھی اتنی ہی محنت کی ضرورت تھی۔ اور ہم نے اس سال بھی خوب محنت کی۔ میٹرک میں جمال کی فرسٹ کلاس فرسٹ پوزیشن آئی جبکہ میں نے فرسٹ کلاس تھرڈ پوزیشن حاصل کی۔ اب تو ہماری خوشی کی کوئی انتہا نہ تھی۔ لوگ ہمیں مبارکباد دے رہے تھے اخبارات میں ہمارے انٹرویو بھی چھپے۔ جمال کی ایک

پھوپھی بھی تھیں جو ان دنوں اپنے دو بیٹوں کے ساتھ جمال کے گھر آئی ہوئی تھیں۔ انہوں نے بھی جمال کو اور مجھے اس کامیابی پر مبارکباد کے ساتھ تحفے بھی دیئے۔ جمال کے والدین کو بھی اس کامیابی پر بڑا ناز تھا۔ اور دوسرے والدین کی طرح ان کو بھی جمال سے بڑی امیدیں وابستہ تھیں۔ میری والدہ بھی خوب محنت کر کے مجھے ہر حال میں ڈاکٹر بنانا چاہتی تھیں۔ میں بھی اپنی ماں کی اس خواہش کو ہر قیمت پر پورا کرنے کی کوشش میں لگا رہتا اور خوب دل لگا کر پڑھتا۔ ان دنوں تو ہماری چھٹیاں تھیں۔ چھٹیاں گزارنے کے لئے میں نے جمال نے اور اس کے دونوں پھوپھی زاد بھائیوں نے پروگرام بنایا کہ ہم سب کلفٹن' سفاری پارک' پیراڈائز پوائنٹ اور دوسری خوبصورت جگہوں کی سیر و تفریح کو جائیں گے۔ تاکہ وہ لوگ اپنے ملک کی سیر بھی کر لیں اور ہماری تھکن بھی اتر جائے۔ جمال کے یہ دونوں کزن امریکن پوپ سنگر جارج بوائے قسم کے تھے بڑے بڑے بال گلے میں لاکٹ پڑا ہوا عجیب عجیب پرنٹ کے کپڑے یہ سب مجھے ذرا اچھا نہیں لگتا تھا' لیکن پھر بھی اپنے بھائی جیسے دوست جمال کی وجہ سے ان کو برداشت کرنا پڑتا تھا۔ جمال کو خود بھی اپنے یہ کزن ٹمی اینڈ گمی پسند نہیں تھے لیکن کزن ہونے کے ناطے اس کو ان کی باتیں سننی پڑتی تھیں اور ان کا ساتھ دینا پڑتا تھا۔ ایک دن ہم چاروں پکنک کے لئے پیراڈائز پوائنٹ گئے۔ اس دن موسم بہت خوشگوار تھا۔ آسمان پر ہلکے ہلکے کالے بادل چھائے ہوئے تھے' ٹھنڈی ہوائیں چل رہی تھیں ہم لوگ سمندر کے کنارے کنارے چل رہے تھے اور کافی لطف اندوز ہو رہے تھے۔ جمال کے کزن مجھے اچھا نہیں سمجھتے تھے۔ ہم لوگ باتیں کرتے ہوئے کافی دور گئے تھے ۔ اور ہمارے درمیان زیر بحث موضوع وہی ڈاکٹر اور انجینئر بننا تھا۔ جمال نے کہا ایک بات ہے یہاں سے انجینئرنگ کرنے کی اتنی اہمیت نہیں ہے جتنی امریکہ سے کرنے کی ہے۔ اس پر ٹمی کے چہرے پر ایک عجیب سی مسکراہٹ آئی۔ اور اس نے آنکھیں پھیلا کر کندھے اچکاتے ہوئے کہا تو تمہیں شہرت چاہئے تاکہ لوگ تمہاری عزت کریں۔ جمال نے اس پر اثبات میں سر ہلایا۔ یہ دیکھ کر گمی نے بھی کہا تو پھر تم ہمارے ساتھ امریکہ چلو۔ وہاں تم کو عزت دولت شہرت سب مل جائے گی۔ مجھے ان کی باتوں پر شک سا ہوا۔ لیکن میں نے دل میں سوچا شاید یہ میرا وہم ہو۔ کافی دیر ہو گئی تھی۔ گمی اور ٹمی دونوں نے کہا اب کھانا ہو جائے پھر گھومنے چلیں گے۔ اس پر میں نے کہا اب کھانا کھا کر ہم گھر چلیں گے کیونکہ بہت دیر ہو گئی ہے اور امی بھی پریشان ہوں گی۔ جمال نے میری تائید کی لیکن گمی نے منہ بنا کر کہا ابھی ہمیں آئے ہوئے دیر ہی کتنی ہوئی ہے کہ واپس بھی چل دیں۔ تمہیں اپنی امی کا خیال آتا ہے تو تم نہیں آیا کرو ہمارے ساتھ۔ ایک تو تم ہر وقت جمال کی دم کے ساتھ لگے رہتے ہو۔ ٹمی نے اس پر کہا ضرور کوئی بات ہے جو ڈاکٹر ہر وقت جمال کے پیچھے لگا رہتا ہے۔ جمال نے کہا نہیں ایسی کوئی بات نہیں ہے ڈاکٹر میرا بہت اچھا دوست ہے۔ اور مجھے بھائیوں کی طرح عزیز ہے۔ لیکن گمی نے کہا رہنے دو یہ غریب کسی کے بھائی یا دوست نہیں ہوتے یہ تو صرف دولت کے دوست ہوتے ہیں۔ ان کی ان دل آزار باتوں سے مجھے بہت ہی دکھ پہنچا اور میری آنکھوں میں آنسو آ گئے جس پر میں نے کہا غریب ہونا کوئی گناہ یا گالی ہے جو تم غریبوں کو اتنا برا سمجھتے ہو۔ اور میں یہ کہہ کر چلا آیا۔ جمال کو بھی ان کی باتوں کا بہت افسوس ہوا اس نے مجھے روکنے کی کوشش بھی کی لیکن ان دونوں نے جمال

کو روک لیا۔ میں گھر آکر خوب رویا امی نے پوچھا تو میں نے سب کچھ بتا دیا اس پر امی نے کہا کہ جب تک اس کے وہ رشتہ دار موجود ہیں تم جمال کے گھر مت جایا کرو۔ اور میں نے بھی جمال کے گھر آنا جانا چھوڑ دیا۔ اب ہماری چھٹیاں بھی ختم ہو رہی تھیں۔ میں اب اپنا زیادہ وقت گھر میں گزارتا اور امی کے کاموں میں ہاتھ بٹاتا۔ جمال کے ابو اپنے اکلوتے بیٹے کے لئے سب کچھ کرنا چاہتے تھے۔ وہ چاہتے تھے کہ ان کا بیٹا اعلیٰ تعلیم حاصل کرے اور امریکہ جا کر انجینئر بنے' جمال بھی یہی چاہتا تھا۔ چنانچہ اس کے ابو نے فیصلہ کیا کہ جمال کو اس کی پھوپھی کے ساتھ امریکہ بھیج دیا جائے۔ اس طرح جمال کو وہاں رہنے میں پریشانی بھی نہیں ہو گی اور ہمیں بھی اطمینان رہے گا کہ وہ اپنی پھوپھی کے پاس ہے۔ لیکن مجھے جمال کے جانے کا بہت دکھ تھا۔ کیونکہ دس سال سے ہم ایک ساتھ تھے۔ ساتھ کھیلتے ساتھ پڑھتے۔ لوگ ہماری دوستی پر رشک کرتے تھے اور ہم کو ایک دوسرے کا بھائی سمجھتے تھے۔ میں نے جمال کے گھر آنا جانا چھوڑ دیا تھا۔ اس لئے جمال کے ابو کو کچھ شک ہوا کہ شاید جمال نے ذاکر کو کچھ کہہ دیا ہے۔ یا پھر اس کی طبیعت ٹھیک نہیں ہے۔ ایک دن وہ مجھ سے ملنے میرے گھر آئے۔ دروازے پر دستک ہوئی امی نے کہا دیکھو کون آیا ہے۔ میں نے دروازہ کھولا تو باہر جمال کے ابو تھے۔ میں نے انہیں سلام کیا اور اندر آنے کو کہا۔ انہوں نے اندر داخل ہوتے ہوئے کہا ذاکر بیٹے تمہاری طبیعت تو ٹھیک ہے کافی دنوں سے تم نے ہمارے گھر کا رخ ہی نہیں کیا۔ میں نے جواب دیا جی میں بالکل ٹھیک ہوں۔ بس امی کی طبیعت ٹھیک نہیں رہتی۔ دن رات کپڑے سیتی رہتی ہیں ناں۔ جمال کے ابو نے کہا اپنی امی سے کہنا کہ وہ آرام بھی کر لیا کریں۔ جی میں تو بہت کہتا ہوں لیکن وہ سنتی ہی نہیں ہیں۔ کچھ دیر گزر جانے کے بعد جمال کے ابو نے پوچھا۔ آج جمال امریکہ جا رہا ہے تم اسے چھوڑنے ائرپورٹ نہیں جاؤ گے۔ میں نے جواب دیا ضرور چلتا لیکن امی کی طبیعت ٹھیک نہیں ہے۔ اچھا تو تم اس سے گھر پر ہی مل لو۔ اور میں ان کے ساتھ ان کے گھر پر ہی جمال سے ملنے چلا گیا۔ جمال جانے کی تیاریاں کر رہا تھا۔ اس کے ساتھ اس کے دونوں کزن بھی تھے۔ مجھے دیکھ کر دونوں نے عجیب سا منہ بنایا۔ لیکن میں نے ان کی پرواہ نہیں کی اور جمال سے باتیں کرنے لگا۔ جمال کو پتہ تھا کہ میں کس وجہ سے اس کے گھر نہیں آتا تھا۔ جمال نے مجھ سے کہا یار ذاکر مجھے معاف کر دینا تمہیں میری وجہ سے ناگوار باتیں سننی پڑیں۔ ذاکر مجھے تم سے جدا ہونے کا بہت دکھ ہے۔ اور پتہ نہیں اب ہم کب ملیں۔ میں نے جمال کے کاندھے پر ہاتھ رکھا اور کہا میں تم سے ایک نہ ایک دن امریکہ ہی میں ملوں گا۔ میری یہ بات سنتے ہوئے ٹمی نے کہا تم امریکہ آؤ گے۔ بس رہنے دو تمہارے بس کی بات نہیں ہے امریکہ آنا۔ وہاں آنے کے لئے کافی پیسے کی ضرورت پڑتی ہے اور تم ٹھہرے ایک غریب درزن کے لڑکے ٹمی نے کہا یہ آئیں گے امریکہ۔ اور دونوں نے ایک ساتھ قہقہہ لگایا۔ مجھے ان دونوں کی باتوں پر اتنا غصہ آیا کہ جمال سے مزید کچھ کہے بغیر ہی واپس گھر آ گیا۔ مجھے روتا ہوا دیکھ کر امی اپنے بستر سے اٹھ کر میرے پاس آکر بیٹھ گئیں۔ اور پوچھا کیا ہوا میرے بیٹے۔ میں نے کہا آج بھی ٹمی اور ممی نے میرا مذاق اڑایا ہے۔ وہ کہتے ہیں کہ تم نہ تو ڈاکٹر بن سکتے ہو اور نہ ہی کبھی امریکہ آ سکتے ہو۔ اس پر امی کی آنکھوں میں بھی آنسو آ گئے اور میرے بالوں میں ہاتھ پھیرتے ہوئے کہا مت رو

میرے بچے میں تمہیں ڈاکٹر بناؤں گی اور تم انشاء اللہ امریکہ بھی ضرور جاؤ گے۔ بس تم خوب دل لگا کر پڑھنا اور خوب محنت کرنا۔ اب میرے دل میں پھر سے امید کی کرن پھوٹی۔ اس دن جمال تو امریکہ چلا گیا لیکن مجھے رات بھر نیند نہیں آئی۔ جمال کے بارے میں سوچتے سوچتے سو گیا۔ اس طرح دن گزرتے گئے اور میں اپنی امی کے کہنے کے مطابق دن رات محنت سے پڑھتا رہا۔ آخر کار میں نے اپنی اس محنت کی بنیاد پر (ایم بی بی ایس) پورے صوبے میں پہلی پوزیشن حاصل کی میری اور میری امی کی خوشی کی کوئی انتہا نہیں تھی۔ لوگ مجھے خوب مبارکباد دے رہے تھے۔ اور میری اس کامیابی پر حکومت نے مجھے مزید پڑھنے کے لئے امریکہ بھیج دیا۔ جمال نے امریکہ جا کر مجھے ایک دو بار تو خط لکھا تھا اور اس میں اپنی پھوپھی کے گھر کا پتہ بھی بھیجا تھا۔ لیکن بعد میں اس نے خط لکھنا چھوڑ دیا۔ میں یہ ہی سوچتا رہا کہ شاید وہ اپنی پڑھائی میں بہت مصروف ہو گا اس لئے مجھے خط نہیں لکھتا۔ لیکن جب میں امریکہ آرہا تھا تو اس کے ابو نے مجھے بتایا کہ جمال نے ہمیں بھی کافی عرصے سے خط نہیں لکھا ہے۔ اس کی وجہ سے جمال کی امی بیمار رہنے لگی ہیں۔ تم وہاں جا کر جمال کا پتا کرنا۔ اور میں نے ان سے وعدہ کیا کہ میں ضرور معلوم کروں گا۔ جب میں امریکہ کے شہر نیویارک میں اپنی پریکٹس کر رہا تھا تو وہاں پر نشے کے عادی لوگوں کے علاج کی مہم چلی ہوئی تھی۔ ڈاکٹر جارج مجھے بھی اس ہسپتال میں لے گئے جہاں وہ نشے کے عادی لوگوں کا علاج کر رہے تھے۔ انہوں نے مجھے بتایا کہ ان میں بعض تو علاج کے بعد ٹھیک ہو جائیں گے اور کچھ کی امید نہیں کی جا سکتی لیکن ایک نوجوان تو بڑی تشویشناک حالت میں ہے۔ اور اس کا زندہ رہنا بھی مشکل ہے۔ ڈاکٹر جارج نے مجھے اس لڑکے سے ملوایا۔ جسے دیکھ کر مجھے اس کی حالت پر بہت ہی افسوس ہوا۔ اور میرے دل کو ایک دھچکہ سا پہنچا کیونکہ اس کی شکل کچھ میرے دوست جمال سے ملتی جلتی تھی۔ میں اس نوجوان کی حالت پر افسوس کرتے ہوئے ڈاکٹر جارج سے باتیں کرتا ہوا ان کے کلینک میں واپس آگیا۔

جمال جب امریکہ آیا تھا تو جمال کے کزن شروع میں اسے اپنے بگڑے ہوئے دوستوں سے ملنے لے جاتے اور ہوٹل وغیرہ میں جاتے۔ کچھ عرصے بعد جمال اپنے امریکہ آنے کا مقصد بھول گیا اور یہاں کی رنگینیوں میں کھو گیا۔ ٹمی اور ٹمی کے کچھ دوست نشہ کے عادی بھی تھے۔ جنہوں نے جمال کو بھی اس لعنت کا شکار بنا دیا تھا۔ ٹمی اور ٹمی بھی یہ ہی چاہتے تھے کیونکہ وہ جمال کی ذہانت سے جلتے تھے۔ جمال کی پھوپھی کا کسی حادثے میں انتقال ہو گیا تھا۔ اور جمال اس قدر نشے کا عادی ہو گیا تھا کہ اسے اپنے دین اور دنیا کی کوئی خبر نہیں تھی۔ اب وہ نشے کی حالت میں نیویارک کی گلیوں میں پڑا رہتا۔ جب نشے کے عادی لوگوں کے علاج کی مہم چلی تو وہاں کے لوگوں نے جمال کو بھی ہسپتال میں داخل کروا دیا۔

اتوار کا دن تھا اور اس دن میری چھٹی تھی میں جمال سے ملنے اس کی پھوپھی کے گھر گیا۔ ان کا پتہ تو مجھے معلوم ہی تھا جو جمال نے مجھے بھیجا تھا۔ میں نے ان کے دروازے پر لگی بیل بجائی۔ تھوڑی دیر بعد ایک نوجوان نے دروازہ کھولا۔ میں نے اس سے پوچھا کہ یہ مسٹر رحمن کا گھر ہے۔ جی ہاں اس نوجوان نے کہا۔ رحمن اصل میں جمال کے پھوپھا کا نام تھا۔ جن کا بہت پہلے ہی انتقال ہو گیا تھا۔ میں نے اس نوجوان سے کہا کیا تم ٹمی ہو۔

اس نے کاندھے اچکاتے ہوئے کہا جی نہیں۔ میرا نام عمی نہیں ٹمی ہے۔ تم کون ہو اس نے مجھ سے پوچھا۔ "میں ذاکر ہوں۔ جمال کا دوست۔

جمال کا دوست! اس نے اپنے ذہن پر زور دیتے کہا۔ پھر بولا اچھا تو تم وہی ذاکر ہو ایک درزن کے بیٹے۔ میں نے مسکراتے ہوئے کہا ہاں وہی درزن کا بیٹا۔ کیوں تم حیران ہو گئے نا۔ میں نے ادھر ادھر دیکھتے ہوئے کہا۔ جمال کہاں ہے۔ ٹمی نے جواب دیا وہ تو کسی ہسپتال میں ہو گا۔

ہسپتال میں۔ میں نے تعجب سے پوچھا کیا وہ انجینئر کے بجائے ڈاکٹر بن گیا ہے۔ ٹمی نے جواب دیا جی نہیں وہ انجینئر یا ڈاکٹر وغیرہ کچھ نہیں بنا بلکہ نشے کا بری طرح عادی ضرور بن گیا ہے۔ اب تو وہ مرنے والا ہو گا۔ میرے منہ سے ایک دم نکلا کیا نشے کا عادی۔ تم نے اس کو روکا کیوں نہیں۔ ٹمی نے کہا یہاں کوئی کسی کو روکنے والا نہیں ہوتا۔ یہاں سب آزاد اپنی مرضی کے مالک ہوتے ہیں۔ جب چھوٹے ذہنوں کے لوگ یہاں آتے ہیں تو وہ یہاں کی رنگینیوں میں کھو جاتے ہیں۔ بالکل جمال کی طرح۔ اب میرا دل اتنا دکھی اور غم زدہ ہو گیا تھا کہ میری گھر جانے کی ہمت نہ رہی۔ میں سیدھا اس ہی نوجوان کے پاس پہنچا جو میرے دوست جمال کی شکل کا تھا۔ اب میرا شک یقین میں بدل گیا تھا کہ یہ واقعی میرا دوست جمال ہی ہے۔ میں تو اب سرجن بن چکا تھا۔ اس لئے میں وہاں سے جمال کو اپنے ساتھ ہی پاکستان لانا چاہتا تھا اس لئے میں نے ڈاکٹروں سے جمال کو ساتھ لے جانے کی اجازت لے لی تھی۔ میں اب جمال کو یہاں لاوارث نہیں چھوڑنا چاہتا تھا۔ میں نے پاکستان خط لکھا کہ میں اور جمال ساتھ ہی پاکستان آرہے ہیں۔ میں پاکستان جانے کی تیاریاں کرنے لگا کہ کچھ دیر بعد ڈاکٹر جارج کا فون آیا کہ جمال کا انتقال ہو گیا ہے۔ اس پر میرے ہاتھ سے فون گر گیا اور میری آنکھوں سے آنسو جاری ہو گئے۔ اب مجھ میں اتنی ہمت نہیں تھی کہ میں جمال کی لاش پاکستان لیکر جاتا۔ لیکن میں نے سوچا اپنے ماں باپ کے ہاتھوں ہی اس کی آخری رسومات ہوں تو اچھا ہے اس طرح انہیں کچھ ڈھارس ملے گی۔ میں نے بہت مشکل سے اپنی حالت پر قابو پایا۔ تمام راستے میں یہ ہی سوچتا رہا کہ جمال کے والدین کا میں کس طرح سامنا کروں گا۔ وہ سمجھ رہے ہوں گے کہ ہمارا بیٹا ایک بڑا انجینئر بن کر آرہا ہے۔ یہ ہی سوچ کر میری آنکھوں سے پھر آنسو بہنے لگے۔ اور جب جمال کی لاش لیکر میں اس کے گھر پہنچا تو لوگ میرے اور جمال کے استقبال کے لئے ہاتھوں میں پھولوں کے ہار لیکر کھڑے تھے اور وہ لوگ بہت خوش نظر آرہے تھے شاید انہوں نے میرا اداس چہرا اور جمال کا تابوت نہیں دیکھا تھا۔ وہ لوگ مجھے مبارکباد دے رہے تھے لیکن مجھے کچھ اچھا نہیں لگ رہا تھا۔ میں نے ان لوگوں سے پوچھا کہ جمال کے والدین کہاں ہیں۔ میرے اس سوال پر ایک نے جواب دیا کہ جمال کے ابو رشوت لینے اور ایک بڑے غبن میں پکڑے گئے ہیں اور اس کی ماں پر فالج کا اثر ہو گیا ہے۔ اب تو میرے صدمے میں اور بھی اضافہ ہو گیا میری آنکھوں سے بے اختیار آنسو بہنے لگے۔ مجھ سے لوگوں نے اتنا رونے کی وجہ پوچھی اور پوچھا جمال کہاں ہے۔ میں نے روتے ہوئے تابوت کی طرف اشارہ کرتے ہوئے کہا یہ رہا جمال لوگ تابوت کی طرف جمع ہو گئے اور پوچھا کیا جمال۔ میں نے کہا ہاں جمال مر گیا میرا پیارا دوست مر گیا ہے۔ لوگوں کے ہاتھ سے پھولوں کے ہار تابوت پر گر

گئے۔ اور میرے ساتھ ان کی بھی سسکیاں بندھ گئیں۔ ان میں سے ایک بزرگ نے کہا اگر جاہل نے والد رزق حلال کماتے اور اپنی اولاد کو حرام کی کمائی ہوئی دولت سے باہر نہ بھیجتے تو آج ان سب کے ساتھ ایسا نہ ہوتا۔ کاش آج کے اس تیز روزمانے میں لوگ حضور اکرمؐ کی سنت اور ان کی اس حدیث پر عمل کرتے تو اس دنیا کا یہ حال نہ ہوتا۔

کہ اپنی اولاد کو رزق حلال کھلاؤ

اور حرام اشیاء سے بچاؤ

عامر یونس

غلط راستہ

دعا ختم ہو چکی تھی اور تمام بچے اپنی اپنی کلاسوں کی طرف بڑھ رہے تھے۔ بچے بہت خوش تھے۔ اور کیوں نہ ہوتے آج امتحانوں کا نتیجہ جو آرہا تھا۔ مگر وہ بچے جو پڑھائی نہیں کرتے تھے اور ہر وقت کھیل کود میں لگے رہتے تھے وہ بہت فکر مند تھے۔ ان کو پتہ تھا کہ انہوں نے اچھی طرح پڑھائی نہیں کی تھی اس لئے اب ڈر رہے تھے۔

حامد اور عابد جب کلاس میں داخل ہوئے تھے تو تقریباً تمام لڑکے اپنی اپنی سیٹ پر بیٹھ چکے تھے۔ وہ بھی اپنی کرسیوں پر بیٹھ گئے۔ ان کی کرسیاں بالکل آگے تھیں کیونکہ وہ دونوں اچھا پڑھنے والے تھے اور اچھا پڑھنے والے کو ہمیشہ سب سے آگے ہی جگہ ملتی ہے۔

"کیوں عابد..... کیا ہو گا..... اس دفعہ کون فرسٹ آرہا ہے......"

پیچھے بیٹھے ہوئے ایک لڑکے نے سوال کیا

"دیکھو!..... کون آتا ہے؟..... "

اور کلاس میں استاد داخل ہو گئے۔ ان کے ہاتھ میں سب بچوں کی رپورٹ کارڈز تھے۔

"اسلام وعلیکم ماسٹر صاحب..... " سب بچوں نے کھڑے ہو کر سلام کیا۔

"وعلیکم اسلام بچو! بیٹھ جاؤ..... تھوڑی دیر بعد سب کا نتیجہ سناؤں گا......"

اور سب بچے بے چینی سے اپنی اپنی کرسیوں پر بیٹھ گئے۔ ماسٹر صاحب نتیجہ کو ترتیب سے رکھنے لگے۔ مگر ظفر بالکل ہی بے چین نہیں تھا۔ اس کو پتہ تھا کہ اس کا کیا نتیجہ آئے گا..... اس نے محنت ہی نہیں کی تھی اور بہت خراب پرچے دیئے تھے

"ہاں..... تو اب میں نتیجہ سنانے والا ہوں..... جس جس کا نام پکاروں وہ آکر اپنی رپورٹ لے جائے..... تو شروع کرتے ہیں بسم اللہ الرحمٰن الرحیم......"

اور ماسٹر صاحب نے پہلی رپورٹ کارڈ کھولی۔

"اول آئے ہیں..... حامد..... بہت اچھی رپورٹ ہے ان کی..... اور دوئم عابد آئے ہیں..... آپ دونوں اپنی اپنی رپورٹ اور انعام لے جائیں..... "

اور حامد اور عابد خوشی خوشی انعام لینے اٹھ کھڑے ہوئے۔

پوری کلاس کی رپورٹ آچکی تھی۔ سوائے ظفر کے.....

"مگر..... وہ میری رپورٹ کارڈ..... " ظفر نے ڈرتے ڈرتے پوچھا۔

"ہاں ظفر..... تمہاری رپورٹ کارڈ تم کو نہیں ملے گی..... تمہیں اپنے والدین کو لانا ہو گا۔ کیونکہ تم بہت بری طرح فیل ہو گئے ہو..... ویسے تو یہ ششماہی امتحان تھے مگر پھر بھی..... سالانہ امتحان میں تھوڑا وقت ہی رہ گیا ہے..... تمہیں بہت محنت کرنی ہو گی ورنہ تم سالانہ امتحان میں بھی فیل ہو سکتے ہو..... تم حامد اور عابد سے سیکھو..... اس سکول میں آئے صرف تین مہینے ہوئے ہیں مگر پھر بھی..... کلاس کے سب سے ذہین بچوں میں ہیں..... کل اپنے ابا کے ساتھ آنا..... "

ظفر کے والدین نے جب ظفر کی رپورٹ دیکھی تھی تو وہ حیران رہ گئے تھے کیونکہ صرف تین ماہ پہلے تک ظفر اپنی کلاس میں اول آتا رہا تھا اور کبھی بھی فیل نہ ہوا تھا..... یہ اچانک کیا ہو گیا؟ تین مہینے پہلے جب نئے داخلے ہوئے تو ظفر کی کلاس میں چار پانچ ذرا خراب قسم کے لڑکے بھی آ گئے تھے۔ جو کہ بہت شرارتی تھے..... ظفر کی کسی طرح ان سے دوستی ہو گئی تھی اور اب ظفر بھی صرف شرارتیں ہی کیا کرتا تھا اور اس کا نتیجہ بالآخر یہ آیا۔ یہ الگ بات ہے کہ ظفر کو گھر پر کتنی ڈانٹ پڑی اور کیا کیا سزا ملی..... بس وہ دو دن تک سکول نہیں گیا۔ ندامت اور شرمندگی کے مارے۔ تیسرے دن جب وہ سکول میں داخل ہو رہا تھا تو بہت شرمندہ اور اداس تھا۔ وہ چپکے چپکے کلاس کی طرف جا رہا تھا تاکہ کسی کی نظر نہ پڑ جائے۔ اچانک کسی نے پیچھے سے ہاتھ مارا۔

"ارے..... کدھر جا رہا ہے ہمارا یار..... " آصف بولا

"اور تو دو دن سے آیا کیوں نہیں..... قسم سے بڑا مزہ آیا..... " تنویر بھی بولا

"بس یار..... میں..... میں نہیں آسکتا تھا..... وہ..... وہ..... " مگر ظفر اپنا جملہ مکمل نہ کر سکا۔ کیونکہ شاہد بیچ میں بولنا شروع ہو گیا تھا

"ابے یار..... تو فیل ہونے کی وجہ سے نہیں آیا ہو گا..... یار یہ بھی کوئی یاری ہے۔ ہم کو دیکھو پچھلے سکول میں اتنی دفعہ فیل ہوا تھا کہ انہوں نے نکال ہی دیا ہاہاہاہا..... "

اور شاہد کے ساتھ ساتھ تنویر اور آصف بھی ہنسنے لگے۔ مگر ظفر اب بھی چپ تھا۔

"اوے ظفر یار..... کیا چپ شاہ کا روزہ رکھ لیا ہے..... " تنویر نے کہا

"نہیں..... مجھے پتہ ہے..... اپنا یار فیل ہونے کی وجہ سے بہت فکر مند ہے..... " آصف نے کہا

"ہاں..... " ظفر صرف ہاں ہی کر سکا۔

"دراصل یہ صرف حامد اور عابد کی وجہ سے ہوا ہے..... انہوں نے ہی کچھ کرا ہے..... ورنہ تو اپنا یار اس

دفعہ بھی اول آتا...... " شاہد نے کہا۔

" اور کیا...... حامد اور عابد نے پرنسپل صاحب کی بہت خوشامد کری ہوگی۔ یا پھر ان کے والد نے کچھ نذرانہ دیا ہو گا...... ورنہ تو اپنا یار ہی فرسٹ آتا...... " آصف نے بھی شاہد کی ہاں میں ہاں ملائی۔

" بلکہ میرا تو خیال ہے کہ حامد اور عابد دراصل اپنے یار سے جلتے ہیں اور انہوں نے ظفر کو نیچا دکھانے کیلئے ہی فیل کروایا ہے...... " تنویر نے اور بھی بڑی بات کہی۔

ایسی اور بھی باتیں یہ تینوں کرتے رہے۔ حتیٰ کہ ظفر کے دماغ میں یہی بات جڑ پکڑ گئی کہ حامد اور عابد نے ہی اس کو فیل کروایا ہے...... اب وہ ان سے جلنے لگا تھا......

دوسرے دن پورے سکول میں اعلان ہوا کہ ایک ہفتے بعد سکول میں سپورٹس ڈے (کھیل کا دن) منعقد ہو گا۔ اور دو پیریڈ کھیلوں کی تیاری کیلئے دیئے جائیں گے۔ پورے سکول کے بچوں میں خوشی کی لہر دوڑ گئی کیونکہ ایک سال بعد ہی یہ کھیل کا دن آتا تھا اور خاص کر امتحان کے بعد...... پورے سکول میں سب اس کی باتیں کر رہے تھے۔

ظفر کی کلاس میں بھی جوش و خروش تھا۔ سب بچے اپنے اپنے پسندیدہ کھیلوں میں شرکت کیلئے استاد کے پاس نام لکھوا رہے تھے۔ ظفر اور شاہد' تنویر اور آصف بھی پہنچ گئے۔ مگر ان سے پہلے حامد اور عابد موجود تھے اور سو میٹر کی دوڑ میں اپنا نام لکھوا رہے تھے۔ سو میٹر کی دوڑ تو ظفر کی خاصیت تھی...... وہ بہت تیز دوڑتا تھا اور ہمیشہ انعام حاصل کرتا تھا۔

" اب آئے گا نہ مزہ...... اب اپنا یار ان دونوں کی ایسی تیسی کر دے گا...... ہنہ ہنہ...... کیا دوڑیں گے وہ...... اپنا یار تو موٹر سائیکل ہے موٹر سائیکل...... "

ظفر کے وہ " دوست " اس کو چڑھا رہے تھے اور ظفر بھی سوچ رہا تھا۔

" اس دفعہ سو میٹر کی دوڑ میں میں نہیں جیتوں گا...... " کافی دیر سوچنے کے بعد ظفر نے کہا

" کیا...... تم نہیں جیتو گے...... مگر کیوں...... " شاہد آصف اور تنویر حیرت سے بولے۔

" ہاں...... اس دفعہ کی دوڑ میں میں نہیں حامد یا عابد ہی جیتے گا...... " ظفر نے کہا

" کیا...... " وہ تینوں اور زور سے چلائے...... " وہ...... وہ تو اپنے دشمن ہیں...... وہ کیوں جیتیں گے "

" اوہو تم سمجھ نہیں رہے ہو...... سنو...... "

اور تینوں ظفر کے گرد جمع ہو گئے۔

☆

" تلاوت قرآن پاک سے ہم کھیل کے دن کا افتتاح کرتے ہیں...... "

اور یوں وہ دن جس کا کہ تمام بچوں کو انتظار تھا۔ شروع ہو گیا۔ تلاوت کے بعد پی ٹی کا مظاہرہ ہوا۔

میدان کے ایک طرف بچوں کے والدین اور مہمان بیٹھے ہوئے تھے اور بہت دلچسپی سے سب کچھ دیکھ رہے تھے۔

"اب لانگ جمپ کے مقابلے ہو رہے ہیں۔ اس کے بعد آخری آئٹم سو میٹر کی دوڑ سے ہے'

لاؤڈ سپیکر سے اعلان ہو رہا تھا۔ "پھر تقسیم انعامات ہوں گے......"

"لو ظفر...... آگیا وقت...... "شاہد نے کہا

"ہاں...... تم لوگوں کو سب یاد ہے نا...... سب کچھ ٹھیک ہونا چاہئے......" ظفر نے کہا "ٹھیک ہے......" اور چاروں میدان کی طرف بڑھ گئے......

تھوڑی دیر بعد سو میٹر کی دوڑ کیلئے تمام بچے کھڑے ہوئے تھے۔ یہ وہ تھے دو دوڑوں کے بعد فائنل کیلئے منتخب ہوئے تھے۔ ظفر حامد کے بالکل ساتھ کھڑا تھا اور بقیہ عابد کے ساتھ۔

"سب تیار ہیں...... جب میں پٹاخہ چلاؤں گا تو سب کو بھاگنا ہے...... ریڈی...... ون...... ٹو...... تھری......" اور پھر اس کے بعد پٹاخہ چلا اور سب بچے دوڑ پڑے...... جلد ہی ظفر...... حامد اور ایک اور لڑکا بقیہ لڑکوں سے آگے نکل گئے...... یہ تینوں بہت تیز دوڑ رہے تھے...... پھر ظفر نے اور زور لگایا اور سب سے آگے نکل گیا۔ اس کے پیچھے ہی حامد تھا وہ بھی پوری کوشش کر رہا تھا کہ ظفر سے آگے نکل جائے۔

اختتام بالکل نزدیک تھا اور پھر اس سے پہلے کہ ظفر جیت جاتا اچانک ہی جیسے اس کو کسی نے دھکا دے کر گرا دیا...... اور ظفر لڑھکتا ہوا دور جا گرا اور حامد دوڑ جیت گیا۔ مگر دوڑ کے جج اور چند لوگ ظفر کی طرف لپکے۔ اس کے گھٹنے چھل گئے تھے خراشیں پڑ گئیں تھیں اور ہاتھوں سے بھی خون نکل رہا تھا۔

"کیا ہوا...... کیا ہوا......" انہوں نے ظفر سے پوچھا......

"مجھے...... مجھے دھکا دیا تھا...... کسی نے پیچھے سے...... اوں......" اور ظفر رونے لگا......

"ظفر کے پیچھے تو حامد تھا...... کیا حامد نے دھکا دیا ہے......" ایک نے کہا

"مگر...... وہ تو بہت اچھا لڑکا ہے...... وہ ایسی حرکت نہیں کر سکتا......" کسی اور نے کہا...... "بھئی ہو سکتا ہے تم ٹھوکر کھا کر گرے ہو......"

"نہیں جناب...... اوں...... اوں...... مجھے کسی نے دھکا دیا تھا......" ظفر روتے ہوئے بولا "ہاں ہاں مگر...... کسی نے دھکا ہی دیا تھا...... میں نے دیکھا تھا...... میں بھی پیچھے ہی دوڑ رہا تھا......" تنویر نے کہا۔

"یہ حامد ہی کر سکتا ہے جناب...... وہ ہر چیز میں اول آنا چاہتا ہے...... وہ ظفر سے تیز تو دوڑ نہیں سکتا تھا...... اس نے بے ایمانی کی ہے......" ایک اور بولا یہ شاہد تھا۔

"اچھا...... تو یہ بات ہے......" حامد کے والد بھی آ گئے تھے اور سب کچھ سن رہے تھے۔ حامد بھی ساتھ ہی کھڑا تھا۔ "کیوں حامد...... کیا تم نے دھکا دیا تھا......" انہوں نے پوچھا...... اور سب حامد کی طرف متوجہ ہو گئے۔

"جی...... جی...... جی ہاں......" حامد ظفر کی طرف دیکھتا ہوا بولا...... اور ظفر سمیت ہر ایک حیران رہ

گیا...... "حامد...... مجھے بہت افسوس ہوا ہے...... تم فوراً گھر چلو......"

حامد کے والد نہایت سخت آواز میں بولے اور حامد سر جھکائے ان کے ساتھ چل دیا...... ظفر اور اس کے ساتھی بہت حیرت سے کھڑے دیکھ رہے تھے۔

☆

"خوب بدلہ لیا تم نے یار ظفر...... بس مزہ آ گیا......" شاہد کہہ رہا تھا۔

"نہیں شاہد...... مجھے بہت افسوس ہو رہا ہے...... میں نے بیچارے حامد کے ساتھ کتنا برا کیا...... اور...... اور اس نے نشان بھی لیا...... اس کو پتہ تھا کہ اس نے دھکا نہیں دیا ہے...... پھر بھی......" ظفر نے کہا

"واقعی یار...... اس کے ابا تو بہت سخت ہیں...... دیکھا نہیں تھا کیسے ڈانٹ رہے تھے حامد کو...... ڈانٹ کے ساتھ ساتھ گھر میں مار بھی پڑی ہو گی...... دو دن سے سکول بھی نہیں آیا......"

آصف نے بھی کہا۔

"چلو چھوڑو...... آؤ...... امرود توڑنے چلیں......" شاہد بولا۔

"نہیں...... شاہد...... میں تو امرود توڑنے نہیں جاؤں گا...... میں تو سیدھا گھر ہی جاؤں گا......"

ظفر نے کہا اور چلا گیا۔ ظفر کا ضمیر اس کو ملامت کر رہا تھا...... اس نے کتنی خراب حرکت کی صرف حامد سے جلنے کی خاطر...... جبکہ اس کا اپنا قصور تھا...... وہ خود ہی تو ان دوستوں میں گھر کر شرارتوں اور کھیل کود میں لگ گیا تھا...... اس لئے وہ فیل ہوا تھا حامد اور عابد کا کوئی قصور نہیں تھا...... "اف...... میں نے کتنا غلط کیا......" بیچارے حامد کو پتہ نہیں کتنی سزا مل رہی ہو گی...... صرف میری وجہ سے...... جبکہ حامد کتنا اچھا لڑکا ہے۔

اور سوچ سوچ کر ظفر کو بہت افسوس ہو رہا تھا......

دوسرے دن سکول لگنے سے پہلے جب دعا ہو رہی تھی تو پرنسپل صاحب خود آئے۔

"پیارے بچو...... جیسا کہ آپ کو پتہ ہے کہ چند روز پہلے ہمارے سکول میں کھیل کا مقابلہ ہوا تھا اور اُس میں ایک لڑکے حامد نے دوڑ جیتنے کی خاطر بے ایمانی کی تھی...... جس کی وجہ سے ایک طالب علم ظفر زخمی بھی ہوا تھا ہم نے فیصلہ کیا ہے کہ حامد کو سکول سے نکال دیا جائے...... اور بلیک لسٹ کر دیا جائے۔ تاکہ سزا کے طور پر وہ آئندہ تین سال تک کسی بھی سکول میں داخلہ نہ لے سکے......" پرنسپل صاحب بول رہے تھے اور ظفر کے دماغ میں یہ الفاظ کسی ہتھوڑے کی طرح برس رہے تھے۔ "نہیں...... نہیں...... نہیں...... یہ نہیں ہو گا......" اور ظفر زور زور سے چلاتا ہوا پرنسپل صاحب کے پاس پہنچ گیا۔ "کیوں کیا ہوا......" پرنسپل صاحب حیران ہو گئے تھے۔ "حامد نے کچھ نہیں کیا جناب...... میں نے ہی سب کچھ کیا ہے...... میں شیطان کے بہکائے میں آ گیا تھا...... غلط دوستوں نے مجھے غلط راہ دکھائی جناب حامد بالکل بے قصور ہے...... اس دن میں خود ہی گرا تھا تاکہ حامد سے بدلہ لے سکوں جناب حامد کو سکول سے نہ نکالیں...... اس کو کوئی سزا نہ دیں...... سزا مجھ کو دیں......" ظفر نے روتے ہوئے پرنسپل صاحب سے کہا۔ پورا سکول حیران تھا۔

☆

"ٹھک ٹھک ٹھک ...... " دستک ہوئی۔ حامد نے دروازہ کھولا ...... اور سامنے کھڑے ہوئے پرنسپل صاحب ...... ظفر اور دوسرے بچوں کو کھڑا دیکھ کر حیران ہو گیا۔

"کون آیا ہے حامد ...... " اندر سے اس کے والد کی آواز آئی ...... "ارے ...... آپ لوگ ...... آ ...... آیئے ...... تشریف رکھئے ...... کہئے ...... آپ سب ...... یہاں کس طرح ...... " حامد کے والد نے پوچھا۔

"جناب ...... ہمیں بہت شرمندگی اٹھانی پڑ رہی ہے ...... اور آپ اور آپ کے بیٹے سے معافی مانگنے آئے ہیں ...... یہ ظفر ہے ...... یہی بتائے گا ...... " اور انہوں نے ظفر کو اشارہ کیا

"حامد اور انکل ...... مجھے معاف کر دیں ...... ساری غلطی اور سازش میری تھی ...... میں خود ہی سے گرا تھا اور یہ سب کچھ میں نے ہی کروایا تھا ...... میں اس طرح حامد سے بدلہ لینا چاہتا تھا ...... مگر ...... مگر ...... مجھے معاف کر دیں انکل ...... میں بہت برا ہوں ...... مجھے معاف کر دیں ......

ظفر روتا جا رہا تھا اور معافی مانگ رہا تھا۔

"نہیں ...... بیٹے ...... تم برے نہیں ہو ...... تم صرف غلط راستہ پر چلنے لگے تھے ...... جب تمہیں اپنی غلطی کا احساس ہو گیا ہے تو پھر کیا ...... ہم نے تو معاف کر ہی دیا ...... ہمارا رب جب توبہ کرنے پر معاف کر دیتا ہے تو پھر ہم تو اس کے بندے ہیں ...... "

"بہت بہت شکریہ انکل ...... بہت شکریہ تمہارا حامد ...... " اور ظفر حامد سے ہاتھ ملائے "مجھے اپنی غلطی کا صرف احساس ہی نہیں ہوا ...... میں نے یہ غلط راستہ اور برے دوست دونوں چھوڑنے کا فیصلہ بھی کر لیا ہے ...... انشاءاللہ ...... " ظفر نے کہا

"انشاءاللہ ...... آج سے میں تمہارا دوست ہوں ...... " حامد نے کہا اور دوستی کا ہاتھ آگے بڑھا دیا ...... اور ظفر نے مسکرا کر وہ ہاتھ تھام لیا ...... فیل ہونے کے باوجود اسے محسوس ہو رہا تھا کہ جیسے یہ نتیجہ اس کا سب سے اچھا نتیجہ ہے۔